U0933130

梅妞放羊

刘庆邦 著

田丽娟 绘

人民文学出版社

图书在版编目（CIP）数据

梅妞放羊 : 插图本 / 刘庆邦著 ; 田丽娟绘 .
北京 : 人民文学出版社 , 2025. -- ISBN 978-7-02
-019308-0

Ⅰ . I247.7
中国国家版本馆 CIP 数据核字第 2025G9J848 号

责任编辑　高处寒　杜玉花
装帧设计　朱晓吟

出版发行　人民文学出版社
社　　址　北京市朝内大街 166 号
邮政编码　100705

印　　制　上海盛通时代印刷有限公司
经　　销　全国新华书店等

字　　数　40 千字
开　　本　890 毫米 ×1240 毫米　32
印　　张　3.5
版　　次　2025 年 7 月北京第 1 版
印　　次　2025 年 7 月第 1 次印刷

书　　号　978-7-02-019308-0
定　　价　45.00 元

如有印装质量问题，请与本社图书销售中心调换。 电话 : 010-6523359

目　录

梅妞放羊

太阳升起来，草叶上的露珠落下去，梅妞该去放羊了。梅妞家的羊只有一只，是只白白净净的水羊。他们这里不把母羊叫母羊，叫水羊。水羊拴在石榴树爬出地面的树根上，梅妞刚去解绳子，水羊像是得到信号，就直着脖子往外挣，把绳扣儿拉得很紧。

一个水羊家，不能这样性子急！梅妞不高兴了，停止解绳扣儿，对水羊说：“你挣吧，我不管你，看你能跑到天边去！”

水羊挨了吵，果然不挣了，把绳子放松下来。水羊还自我解嘲似的低头往地上找，找到一根干草茎，用两片嘴唇捡起来，一点一点地吃。梅妞认为这还差不多，遂解开绳子，牵着羊往院子大门口去了。一群茸团团的小炕鸡跑过来，像是一致要求梅妞姐姐把它们也带上，它们也想到外面去玩耍。梅妞嫌它们还小，不会躲避饿老雕，扬着胳膊把它们撵回去了。小炕鸡们仰着小脑袋细叫成一片，似乎对梅妞只跟水羊好不跟它们好的做法有些意见。

梅妞手上牵着羊，胳膊上还挎着荆条筐，筐里放着一把镰刀和一只掉了手把儿的大茶缸。这就是说，梅妞把羊的肚子放饱还不算，还要顺便割回一筐草，镰刀就是割草用的。那，大茶缸是干什么用的呢？拿它到河边舀水喝吗？茶缸太破旧了，不光掉了把儿，漆皮也几乎脱落尽了，露出锈迹斑斑的内胎。没关系，大茶缸是用来盛羊粪蛋儿。羊吃了草，难免会拉羊粪，爹要梅妞把羊粪捡回来，说羊粪是好肥料，上到豆角地里，豆角结得长；上到韭菜地里，韭菜叶长得宽。梅妞听话，每天都捡回半茶缸到一茶缸粒粒饱满的羊粪蛋儿。

梅妞放羊是在村南的河坡里，那里的草长得旺，长得嫩样，种类也多。她牵着羊登上高高的河堤往下一看，就高兴得直发愁：满坡青草满地花，俺家的羊哪能吃得赢呢，这不是成心要撑俺家的羊吗！她对羊说：“羊，羊，吃草归吃草，不许吃撑着，吃撑了肚子疼。”羊拐过头看看她，像是把她的话听懂了。羊开始吃草，她也低着头在草丛里找吃的，她找的是野花的小花苞。有一种花的花苞，看去像个小绿球，剥去那层绿衣，鹅黄的花蛋蛋就露出来了。花蛋蛋刚放进嘴里有些苦吟吟的，一嚼香味就浓了。她把这种花苞叫成蛋黄。还有一种花的花苞是细长的，里面的花胎呈乳白色，吃起来绵甜绵甜。她把这种花苞叫成面筋。吃罢“蛋黄”和“面筋”，就该吃“甘蔗”和“蜜蜜罐儿”了，她想吃什么就有什么。

梅妞看见，她家的羊光吃草不吃花，红花不吃，黄花、蓝花也不吃，一吃到有花朵的地方，羊的嘴就绕过去了。羊的牙齿很快，大概比剪苹果枝用的大剪刀还快，羊过之处，参差不齐的青草就被“修理”平了。而草平下去之后，那些剩下的各色花朵等于被高举起来，在微风吹拂下轻轻颤动，格外显眼。梅妞不明白羊为什么不吃花，难道这只羊是一个爱花的人托生的，一见到花就嘴下留情了？她采了一朵小白花，送到羊的嘴边，要试试这只羊到底吃花不吃花。她说：“羊，这花甜丝丝的，很好吃，你尝尝吧！”羊用鼻子嗅了嗅，没有尝花，接着吃草。梅妞又采了一朵紫花送到羊嘴边，羊还是不吃。梅妞心里不觉沉了一下，看来这只羊的前生真是一个爱花的人。再看羊时，梅妞的感觉不大一样，她看羊的眼睛，越看越像人的眼睛。羊的眼圈湿润，眼珠有点发黄。羊的眼神老是那么平平静静，温温柔柔。看来任何人的眼睛也比不上羊的眼睛漂亮，和善。

太阳往头顶走，梅妞的草筐装满了，羊也差不多吃饱了。阳光暖洋洋的，晒得梅妞和羊都有些慵懒，梅妞想躺在地上睡一觉。可她对自己说，不许睡觉，要是睡着了，羊被人牵走怎么办。她把羊绳拴在装满青草的筐系子上，自己也趴在草筐上。似睡非睡之间，她开始唱歌。她没学过唱歌，所唱的歌都是自己随口瞎编的，看见什么就编什么。比如她这会儿看见的是羊，就拿羊作唱词。她唱的是：羊呀，你的亲娘在哪里呀？你的亲娘不要你了，你

是个没娘的孩子啊！她看见羊的眼圈比刚才还湿，接着唱道：羊呀，没有亲娘不要紧呀，没人要你我要你，我来当你的亲娘吧……

草筐突然倒了，梅妞往前一磕，差点也倒了。睡意蒙眬的梅妞吓了一惊，她第一个反应是有人要夺她的羊，谁？她跳起来一看，大河坡里静悄悄的，连个人影也没有。远处一座废砖窑，窑顶有几缕白云。近处有一孔石桥，桥下的流水一明一明地放光。不用说，草筐是被羊拉倒的，羊大概渴了，要到水边去喝水。梅妞说：“羊，你吓我一跳。想喝水不会说吗？你的嘴呢，哑巴啦？我打你！”梅妞说了打羊，只是说说而已，她才舍不得动羊一指头呢，因为羊身上怀了羔儿。水羊是爹从三月三庙会上买回来的，爹把羊一领回家，就交给梅妞了，说羊肚子里有羔儿，千万别碰着羊的肚子，也别让羊跑得太快。爹给梅妞许了一个愿，等羊生下羔子，等羔子长大卖了钱，过年时就给梅妞截块花布，做件花棉袄。梅妞长这么大从没穿过花棉袄，每年穿的都是黑粗布棉袄。她做梦都想穿花棉袄。羊羔儿是梅妞的希望，花棉袄是梅妞的念想，梅妞把希望和念想都寄托在羊肚子上了。

河里的水不是很深，有些泛白。岸边长着一丛丛紫红的芦苇。梅妞分开芦苇，把羊牵到水边去了，让羊喝水。羊一站到水边，水里就映出羊的影子。水边的羊低头喝水，水里的羊也低头喝水。它们不像是喝水，像是要亲一个嘴。嘴一亲到，羊影子就被圈圈涟漪弄模糊了。喝完了水，羊没有马上离开的意思，而是饶有兴致似的往河里看。河里长着不少水草，有花叶的，也有圆叶的。水草上趴着一些年轻的青蛙，在咯哇咯哇乱叫。有的不光叫，还跳来跳去互相追逐，搞得水面很热闹。梅妞看见一只胖青蛙背上驮着一只精干的瘦青蛙，两只青蛙的尾部紧紧贴在一起。她知道青蛙在干什么，觉得这样不太好，大白天的，干什么呀！她弯腰捡起一块土坷垃，朝那对青蛙投去。她没投中青蛙，只激起一些水花。水花落在那对青蛙身上，它们竟然不受影响，只把鼓着的眼睛稍稍闭了一下，继续做它们的事。梅妞又抓了一把散土，向那两个旁若无人的家伙撒去，散土撒开一大片，把那对青蛙打中了，它们腿一弹，往水里潜去。潜水时，它们一驮一，仍不分开。刚潜了一会儿，两个闪着水光的小脑袋就从水里冒出来了，似乎比

刚才贴得还紧。梅妞骂了青蛙一句不要脸，对羊说：“走，咱不看！”牵上羊离开了。

梅妞把耳朵贴在羊肚子上，想听听羊羔儿有没有动静。羊的肚子往两边鼓着，显得很突出，可里面一点声音也没有。她想，小羊羔儿可能还在挤着眼睡觉，还没有睡醒。

在此后的日子里，梅妞每天都听诊一样听水羊的肚子。终于有一天，梅妞觉出羊肚子里面动了一下，动作不大，就那么缓缓的，大概是羊羔翻了一个身，或伸了一个懒腰。梅妞很欣喜，对羊说：“羊，羊，你的孩子动了，你觉到了吗？”

羊咩叫了一声，仿佛在说，它早就知道了。

梅妞还注意到了水羊的奶子，那只奶子一天比一天饱满，一天比一天往下坠，像瓜架上结的一个大吊瓜。“吊瓜”大概已开始储存汁水，看去沉甸甸的。梅妞不知羊嫌不嫌沉，她替羊有点嫌沉。由于羊的奶子太膨大，挨到了两条后腿，羊一迈步，腿帮子就把奶子蹭得往前悠动一下。梅妞不知羊嫌不嫌碍事，她替羊有点嫌碍事。最好看的是羊奶子下面长的两个奶穗子，奶穗子圆圆的，长长的，颜色有些发粉，上面长着一些极细的绒毛，让人一见就禁不住想伸手摸一下。梅妞好几次想摸，都没摸。水羊还没生过

孩子，一定很害臊，很护痒，不愿意让别人碰它的奶穗子。有一天，梅妞忍不住，到底把羊的奶穗子摸到了。和她猜想的一样，羊不愿让她摸奶，她刚摸了一下，水羊就抬起蹄子，三弹两弹把她的手弹开了。水羊很不客气，有一蹄子弹在她的手背上，把手背弹破了一块油皮。梅妞

没有恼，从地上捏起一点土面面敷在破皮处就拉倒了。

南风带了熏气，大麦黄芒，小麦也快了。梅妞掐两穗小麦，在手里揉揉，吹去糠皮，白胖带青的麦粒子就留在手心里了。她很喜欢吃这样的新麦，一嚼满口清香。现在要增加营养。羊母亲营养好了，生下的羊羔儿就壮实，奶水就充足。羊在她手心里吃麦时，两片颤动的嘴唇拱得她手心发痒，她不由得嚷："哎呀，痒！痒！"既然怕痒，就别让羊在手心里吃了，可她下次揉好了麦，还是让羊在手心里舔，她还是嚷痒。

羊下羔儿是在一天早上。那天早上天气很好，桐树上喜鹊叫，椿树上黄鹂子叫，院子里鸟语花香，喜气洋洋。爹在院子里扫地，娘在灶屋里做饭。梅妞也起来了，对着窗台上的镜子梳头。梅妞听见羊叫了一声，叫得声音很大，不似往日。她往窗外一看，见羊已躺倒在地上。她以为羊生病了，刚要跑出去看究竟，见爹已过去了，娘也从灶屋

跑出来了。爹对娘说，羊要下羔儿了，要梅妞她娘赶快去熬一锅小米汤给羊喝。当地有规矩，羊下羔儿，猪生崽儿，未出嫁的闺女是不许看的。那么梅妞就不出去看。羊的叫声越来越大，简直有些凄厉。梅妞隔着窗棂看见，羊每叫一声，屁股就往上抬一下。她知道，一定是羊疼得受不了才这样叫法。她很替羊担心，胸口怦怦乱跳。她不敢再往窗外看，手捂胸口退回到床边坐着。邻居二婶生小孩儿时就叫得很厉害，可把二婶的婆婆慌坏了，一个劲地烧香念佛。二婶把孩子生下来后就不叫了。梅妞相信她家的羊会跟二婶一样，叫一会儿就能把孩子生下来。她在心里默默地替羊念话，孩子孩子疼你娘，羊羔儿羊羔儿快出来……念着念着，不知为何，她鼻子酸了一下，眼圈儿也红了。

等水羊把羊羔儿全都生出来后，爹才喊梅妞出去看。爹的声调很高兴，说："梅妞，咱家的羊生羔子了，生的是龙凤胎，一只小水羊，一只小骚胡，你快来看！"

梅妞出去一看，水羊已站起来了。水羊又恢复了平静，目光里充满温爱。她几乎不敢相信刚才那骇人的叫声是水羊发出来的。两个小羊羔儿也站起来了，它们的蹄甲子似乎很软，腿也很软，摇摇晃晃，老也站不稳，像两个小醉汉。说它们像醉汉，其实它们一点也不醉，小家伙能着呢，刚睁开眼就知道找奶吃，就摇晃着奔奶子去了。羊母亲没让它们马上吃奶，先舔它们身上黏黏的羊水，它舔它们的背，舔它们的小耳朵，舔它们的眼睛，全身无处不舔到。小家伙似乎有点不耐烦，想往母亲身子下面躲。羊母亲毫不放松，舌头追着它们舔。羊母亲舔得很负责，很用力，舔过之处，羊羔儿身上的毛就丝丝缕缕支奓起来，有了羊的模样。梅妞很想摸一摸小羊羔儿，小羊羔儿身上一定很柔软，很好玩。她蹲下身子，把手伸了一下，又蜷回来了。她的手又粗又硬，怕把小羊羔摸疼了。她看见羊母亲也不愿意让她摸它的宝贝儿，目光很警惕的样子，她刚把手伸出去，羊母亲的嘴就巧妙地阻止了她，羊母亲装作很友好地嗅她的手，其实是在保护自己的羔子。

两个小家伙也算机灵，羊母亲的注意力稍有转移，它们就趁机钻到母亲肚子下面，分别叼到一只奶头吃起来。它们天生很会吃，把整个奶头都含在嘴里，仰着小脸，吃得又香又甜。吃着吃着，它们用嘴和额头往奶上顶两下，再接着吃。它们顶得很猛，很用力，把看去硬邦邦的羊母亲的奶子顶得有些变形。顶过之后，小羊羔儿吃得咕嘟咕嘟的，两边的嘴角盈着白浆浆的奶汁子。

梅妞对小羊羔儿这样的做派有些看不惯，吃奶就该好好吃，瞎顶什么！她嫌小羊羔儿太调皮了，对母亲也不够心疼。不知为何，小羊羔儿每顶一下奶，她似乎觉得自己身体某处也被顶了一下，并隐隐地有些痛。奇怪的是，水羊安之若素，好像一点也不反对两个孩子顶它的奶。梅妞对水羊这样娇惯孩子也保留了自己的看法。

梅妞的队伍壮大了，再下地放羊，她身后由一只羊变成三只羊。为了便于称呼，她给两只小羊起了名字，小水羊叫皇姑，小骚胡叫驸马。她说皇姑你来，驸马你去，一副统领三军的气派。皇姑和驸马到了遍地青草的河坡里，对草一点也不稀罕，只是贪玩，撒欢儿。它们撒起欢儿来四蹄腾空，外带空中转体，是很好看的。皇姑和驸马还跃起来抵头。它们不是真抵，别看身子立起来，小眼儿斜视着，样子挺吓人的，落地时两个羊头却没有发生碰撞，只是蹭一蹭而已。有时它们走得远些，水羊轻唤一声，它们就打着旋子跑回来了。一回到母亲身边，就迫不及待地吊在奶穗子上吃奶，仿佛刚才把吃奶的事忘记了，现在又想起来了。它们的嘴嚅动着吃得很快，顶奶顶得也很勤，驸马顶两下，皇姑也要顶两下，跟比赛一样。梅妞说："驸马，驸马，不许顶！你听见没有？"驸马不听话，她强行把驸马从水羊奶穗子上拽下来了，由于驸马叼着奶穗子不愿意松口，把奶穗子像拽橡皮筋一样拽得很长。梅妞把驸马抱起来，先摸驸马的头顶，看驸马头上长角没有，要是长了角，谁也受不了它那样顶法。还好，驸马头顶平平的，似乎还有些软，该长角的地方连一点长角的迹象都没有。驸马在梅妞怀里很不老实，倾向羊母亲那里挣，看样子还是要吃奶。梅妞惩罚它似的，偏不放它走，而是把一根手指头放到它嘴边去了，看它吃不吃。手指头的形状跟奶头差不多，梅妞想试试驸马能否分得清指头和奶头。驸马真是个小傻瓜，它那温嫩的嘴唇居然把梅妞的指头吮了一下。这下可不得了，一种从未有过的奇异感觉通过指头那里掠过全身，好像驸马颤动的嘴唇吮的不只是她的指头。这时梅妞产生了一个重大念头，驸马吮一下她的指头尚且如此，倘是借驸马的热嘴把她身上的奶头吮一下又该如何。这个念头一出现，她的脸忽地红透，心口也怦怦乱跳。她像是怕被人看破她的念头似的，悄悄转过头前后左右看。河坡里没有人，有太阳，还有风。风一阵大一阵小。风大的那一阵，草吹得翻白着，像满坡白花。风一过去，草又是青的。草丛里蹿出一条花蛇，曲曲连连向水边爬去。花蛇所经之处，各色蚂蚱赶快蹦走或者飞走了，引起一阵小小的动乱。蛇一入水，蚂蚱们很快恢复安静。岸上的庄稼地边有一个瓜庵子，瓜庵子大概已经废弃了，上面搭的草经风刮雨淋变得非常黑。梅妞相信，瓜庵子里也不会有人。她有些不大放心，放下驸马，到瓜庵子里看过，真的没有人。瓜庵子的地上铺着一层干高粱叶，里面散发着甜瓜的香味。她没有马上离开，在瓜庵子里待了一会儿。她觉得这地方不错，可以做一点秘密事情，比如说，她在这里把自己的上衣解开，让小羊羔儿吃一吃奶，谁也不会知道。也许小羊羔儿不愿吃她的奶，水羊的奶里有奶水，她的奶里没有奶水，好比她的奶是一只梨子，梨子还半生不熟呢！

自从水羊生下羔子之后，就不再反对女主人梅妞摸它

的奶。梅妞从瓜庵子里出来，挤出一股羊奶，用指头蘸着尝了尝，羊奶淡淡的，有一点甜，用舌尖咂咂，还有一点面，怪不得小羊羔儿吃得那么欢，奶水的味道是不赖。

这天，梅妞没有让羊羔儿吃她的奶，但这个念头再也放不下，一看见皇姑和驸马吃奶，她的念头就升起来了，升到胸前的高处不算，还往高处的顶端升，弄得她的念头越来越强烈。有一天午后，梅妞趁四下里无人，把三只羊领到瓜庵子里去了。她坐下来，把驸马抱上怀，解开上衣的扣子，把一只奶露了出来。她像喂婴儿的妇女做的那样，一只手把驸马托抱着，一只手捏着奶往驸马嘴里送。不料驸马不知趣，使劲别着脸，对小主人送到嘴前的奶连挨一下都不挨。它不吃奶，还挣扎着瞎叫唤，好像谁要害它一样。驸马一叫唤，梅妞紧张了，出了一头汗。她慌乱地把驸马的毛嘴摁在她胸口，驸马还是不张嘴。这个事情既然做了，就得做成它。梅妞想了个主意，把水羊的奶水挤出一些，聚成奶珠儿挂在自己胸前，拿水羊的奶珠儿作诱饵，看驸马吃不吃。这个主意生效，驸马果然噙住吃了一下。她只让驸马吃了一下，还没等驸马吃第二下，她就禁不住叫了一声，猛地把驸马推开了。梅妞骂了驸马："驸马，谁叫你吃的，人家还是闺女家你不知道吗？你真不要脸！"骂着驸马，她仿佛觉得真的受了委屈，眼里泪津津的。

过了一会儿，梅妞禁不住如法炮制，又让驸马吃了一次。奇怪的感觉迅速流遍全身，她再次把驸马推开了。这次她骂了自己："梅妞，你完了，你的奶让人家吃了，你在瓜庵子里生孩子了！"她刚觉得应该哭，眼泪就下来了。

水羊走到梅妞身边去了，轻轻嗅了嗅她的手。梅妞刚才做那一切时，水羊一声不响地看着她，既不惊讶，也不生气，目光平静得很，好像两个孩子是她们共有的，吃谁的奶都是一样。水羊这样的姿态让梅妞有些感动，她一下抱住水羊的脖子，把自己的脸贴在水羊的脸上。

梅妞看见，一个拾粪的男人一路低头瞅着，沿河坡过来了。梅妞立即停止她的秘密事情，领着羊从瓜庵子里走出来。她怕那个男人在她脸上看出什么秘密，就不看那个陌生男人。谁知那个男人是个多嘴的人，和梅妞和羊走碰面，他夸梅妞的羊不错呀。梅妞装作没听见，不跟他搭腔。梅妞捡的半茶缸新羊粪在地上放着，男人瞅了瞅，问梅妞捡羊粪干什么。梅妞还是不理他。那人喊梅妞“这小妮儿”，问她为什么不说话，还问她：“你捡羊屎蛋儿是回家当豆子下锅吃吗？”

这回梅妞不说话不行了，生气地说：“你们家才拿羊屎蛋儿下锅呢！”

那个男人嘻嘻笑了：“我还以为你不会说话呢，原来会说话呀！我告诉你，你可不敢骂我，你要是骂我，我可对你不客气。反正这河坡里也不会有人看见。”

梅妞被陌生男人的话吓坏了。她躲着那个男人，不敢再说一句话。倒是水羊敢说话，水羊冲拿铁锨的男人叫了一声，并且毫无惧色地看着那个男人，看样子那个男人要是敢于接近它，它就会用头相抵抗。两只小羊也在水羊左右贴身站着，像两个小保镖。羊的良好表现给梅妞壮了胆，使她记起自己是有“队伍”的人，她把头发向后扬了扬，说：“羊，羊，咱们走！”

既然梅妞让两只小羊羔儿吃了她的奶，她就把小羊羔儿当成自己的孩子，对它们很亲。晚上，梅妞睡在屋里，羊们睡在院子里，小羊只要一叫，梅妞会马上爬起来到院子里看过，她怕野猫、黄鼠狼什么的吓着小羊。重新回到睡梦里，她把小羊羔儿也带到梦里去了，让小羊羔儿贴着她的身子睡，一边是驸马，一边是皇姑。梅妞摸着它们背上光光的，小屁股滑溜溜的，怎么不见它们身上的毛呢？梅妞似乎想起来了，她搂的不是小羊，是小人儿。这两个小人儿是她亲生的，一个是男小人儿，一个是女小人儿，

她还分别给他们起了名字，一个叫驸马，一个叫皇姑。生了小人儿，就得给小人儿喂奶。她把两个奶作了分配，驸马和皇姑各一个，谁也不准抢别人的。她还对皇姑和驸马说，你们是人，不是羊，吃奶时好好的，不许乱顶，谁乱顶我就揍谁的屁股。驸马和皇姑调皮，不听话，刚吃两口就开顶，比小羊羔儿吃奶顶得还来劲。梅妞生气了，把奶头从他们嘴里摘出来，以家长般的严厉口气把驸马和皇姑教导了一通。她教导得声音有些大，把娘给惊醒了，娘轻轻地喊她，问她做梦听什么戏呢，又是皇姑又是驸马的。梅妞醒过来，知道自己的梦话被娘听去了，不敢出声。娘问她听的什么戏，什么戏呢？反正是戏台上的戏，不是放羊的戏。

有一天，梅妞放羊走得离村远了些。几声雷鸣，黑云陡暗，眼看要下一场大雨。如果这时回村，中途一定会浇在雨肚里。她自己不怕雨浇，小羊怕雨浇，要是大雨把小羊浇病就不好了。她当机立断，赶紧把羊领到附近那个废砖窑里去了。她们前脚刚躲进砖窑的门洞，大雨后脚就追来了。那雨真大呀，大得好像天塌了，地陷了，没了天，也没了地，光剩下水。拱形的门洞上方，雨水大块大块往下掉。敞着口子的砖窑也呼呼地往里面灌水。浑浊的水汤子霎时就把梅妞的双脚埋住了，盛羊粪蛋的茶缸子像小船一样被漂得直打转。梅妞把两只小羊抱起来，紧紧抱在怀里。她觉出来了，两只小羊的心脏在咚咚地跳，它们是害怕了。小羊的心跳传染给了梅妞，梅妞的心也不由得跳起来。梅妞害怕另有一层原因，她记起听人说过，这砖窑里藏有一条大蟒蛇，蟒蛇的头大得像笆斗子，嘴一张像血盆子，吃兔子吃鸟都是生吞。还说蟒蛇的吸力很厉害，有野兔到窑口停留，它并不出来，只待在暗处一发吸力，野兔就连滚带爬、稀里糊涂地跑进蟒蛇肚子里去了。梅妞担心，倘若蟒蛇这会儿发现了他们，用嘴一吸，她和羊恐怕都活不成，都得成为蟒蛇的腹中之物。想到这里，她不免往砖窑深处瞥了一眼，里面阴森可怖，窑壁上残留的三条半圆形烟道，每一条都像蟒蛇的身子。她打了个寒战，头微微有些发晕。她想，这不行，蟒蛇吃她可以，要是吃她的水羊、驸马和皇姑，说什么也不行，她拼死也要保护它们。她把驸马和皇姑放到一只胳膊上集中抱着，腾出一只手来，把草筐上的镰刀抽出来了。她准备好了，蟒蛇胆敢出来，她就用镰刀往蟒蛇头上猛砍一气，把蟒蛇的眼睛砍瞎。就算蟒蛇把她吞进肚子里，她也不放下镰刀，还是要砍，最好能把蟒蛇的肠子砍断，肚皮砍破，让蟒蛇永远吃不成东西。她不知不觉地把镰刀握得紧紧的，嘴唇绷着，双目闪着不可侵犯的光芒，一副随时准备拼杀的样子。

这时，她听见滂沱大雨中有人喊她的名字：“梅妞！——梅妞！——”她透过雨幕往外一看，是爹找她来了，爹头戴斗笠，身穿蓑衣，正跌跌撞撞地跟狂风暴雨搏斗。

“爹，我在这儿！——”梅妞只答应了一声就答应不成了，她哭了，喉咙哽咽得发不出声音。

驸马和皇姑一天天长大，它们早就不吃奶了，大口大口吃草，吃得膘肥体壮，一身银光。临近春节，爹把驸马和皇姑牵到集上卖了。爹没有给梅妞买做花棉袄的花布，却背回了一只半大的猪娃子。猪娃子长得很丑，比猪八戒还丑，梅妞看一眼就够了。爹一把猪娃子放在地上，猪娃子就扯着嗓子大叫。猪娃子叫得也很难听。

爹只给梅妞买回一块包头用的红方巾。爹说，卖羊的钱买了猪娃子就不够截花布了，等水羊再生了小羊，等小羊再长大，等他把小羊再卖掉，一定给梅妞截块花布，做件花棉袄。

梅妞没说什么，开始了新一轮放羊。

遍地白花

收秋之后，村里来了一个女画家。不知女画家是从哪里来的，她一来就找了一家房东住下了。地里没了庄稼，村里没了葫芦架，树上的果子也摘光了，背着箱子而来的女画家不会有什么可收获的。这让厚道的村民略感歉意，认为女画家来晚了，错过了好时候。女画家要么春天来，要么夏天来，最好是收秋之前来。这会儿场光地净的，要红没红，要绿没绿，要金黄没金黄，有什么可画的呢？人们估计，女画家住不了两天就得走。

好几天过去了，女画家没有走。她每天这儿转转，那儿瞅瞅，瞅准一个地方，就打开挺大的画夹子画起来。女画家画了什么，村里人当成彩物，很快就传开了。女画家画了张家古旧的门楼子，画了王家一棵老鬼柳子树，画了街口一座废弃的碾盘，又画了一辆风刮日晒快要散架的太平车，等等。这些东西都是有主儿的，女画家每画到谁家的东西，这家的人一开始稍稍有点紧张，不知外面来的女人用长尺一样的目光量来量去，究竟要把他们家的东西怎么样。女画家作画时，这家必有人在一旁守着，女画家画一笔，他们看一笔。待女画家把画作完了，他们把东西和画对照了一下，才知道女画家并不是原封不动把东西搬到画纸上，他们家的东西还存在着，一点儿都不少。这样他们才放心了，并渐渐露出了微笑。

村里人难免对女画家的画作出一些评价，他们评价什么画，只能拿所画的对象作参照物，进行比较。比如张家的门楼子，据说修建的年代已经很久远了，门楼子高大而坚固，下面还有长长的过道。门楼子上面的瓦是乌黑的，有的瓦片上起着梅花一样的斑点。瓦缝之间长着一株株发灰的瓦楞草。楼脊子两端高耸的蹲兽，被风雨剥蚀得少鼻子没毛，只剩下大致的轮廓。只有大门两侧的砖雕还算清晰。这一切女画家都画到了，但有人说画得很像，有人说画得不像；有人说把门楼子画高了，有人说画低了。还有人特别指出，瓦当上是有篆字的，女画家没有画出来，显见得是忽略了。

女画家不在乎人们的任何评价，该怎样画还怎样画。

太平车的主人是一位年迈的老汉。老汉苦挣苦攒，一辈子都巴望有一辆太平车。太平车还没挣到，一切都归公了，自家不兴有车了。等到公社解散，分田到户，各家可以买私车时，车都变成了胶皮轱辘，四平八稳的木制太平车用不着了。尽管如此，队里分东西那会儿，老汉还是把一辆太平车要下了。太平车就在老汉家的屋山头放着，夏天淋雨，冬天落雪，再也派不上什么用场。有人劝老汉把太平车砸了卖钉，拆掉当柴，老汉只是舍不得。老汉正不知怎样处置这辆太平车，女画家把太平车相中了，画下来了。老汉没有像别的人那样，在女画家后面站成木桩，看人家作画。老汉只往画面上看了一眼，就像得到最终结果似的，到一旁蹲着去了。老汉认定女画家是大地方来的人，说到天边，还是大地方的人识货啊！倘画家是个男的，老汉定要把画家请到家里，喝上两盅。画家是个女的，老汉只能用手巾包上几枚新鲜鸡蛋，给女画家送去。女画家夸老汉的鸡蛋好，要付给老汉钱。老汉当然不会收钱，老汉说他的鸡蛋不值钱，女画家的画是千金难买。

老汉的说法使全村人都对女画家高看起来，回到各家的院子里，他们转着圈儿东看西看，把石榴树、柴草垛、鸡窝、树身上的一块疤拉眼，墙上挂着的红辣椒串子，甚至连头顶的天空停着的一块云，都看到了。这些他们过去看似平常的东西，说不定经女画家一看，就成了好看的东西；经女画家用笔一点，就成了一幅画。凡是被女画家取过材的人家，都像中了彩一样，神情有些骄傲。还没有被女画家画过东西的人家，也希望着女画家能到他们家里画一回。

小扣子是热切盼望女画家到他们家作画中的一个。

自从女画家来到这个村，小扣子天天跟着女画家转悠。女画家走到哪里，他也走到哪里。女画家看什么，他也看什么。女画家停下来作画，他就悄悄地凑过去，从第一笔看起，一直看到女画家把一幅画作完。可以说女画家到这个村所作的每一幅画，都是在小扣子的注视下完成的。谁要是问女画家哪天在哪里画了什么画，只要问小扣子就行了。不过没人问小扣子。就是有人问小扣子，他也不一定回答。小扣子是个不爱说话的孩子。

这天早上，小扣子一爬起来，就满村子追寻女画家去了。女画家是个勤快人，不睡懒觉，每天一早就开始作画。所以小扣子也不再睡懒觉。小扣子家有一只黄狗，黄狗本来正和几只鹅在一块儿待着，见小扣子出门，它不跟鹅们打一声招呼，马上随小扣子颠儿了。黄狗是小扣子的忠实伙伴，它跟小扣子总是跟得很紧。太阳还没出来，空气里有一层薄薄的霜意。公鸡在叫，雀子在叫，一些人家做早饭的风箱也在叫。村街上弥漫着浓浓的烟火味儿。这种烟火味儿是很香的，但你说不清是哪一种香。有人家烧麦秸，有人家烧豆叶，有人家烧芝麻秆，有人家烧苹果枝子，有人家或许烧的是甜瓜秧，等等。每样柴火散发一种香，各种香汇集到村街上，就形成了这种混合型的醇厚绵长的人间烟火味儿。村里人原来并不觉得烟火味儿怎么香，而女画家一进村就闻出来了，她说，哎呀，真香！女画家这么一说，大家用鼻子吸了吸，是香。村里一共三条街，小扣子和黄狗在烟火味儿里穿行，三条街都走遍了，没看见女画家在哪里。小扣子有些挠头，女画家会到哪里去呢？他看黄狗，黄狗也是一脸的茫然。再看黄狗，黄狗就抱歉似的把头垂下去了。他想，女画家会不会到村外去画画呢？于是小扣子和黄狗到村子外头找女画家去了。他们走过一个打麦场，又走过一个菜园，然后登上高高的河堤，小扣子把手遮在眼上，往四下里打量。黄狗也把头昂成高瞻远

瞩的样子，鼻子里兴奋地直嗅。太阳已经出来了，阳光似乎还没化开，照在哪里都显得很稠，让小扣子想起女画家颜料盒里的柿黄颜色。麦苗刚长出来，等于在大面积的黄土地上打下一道道浅绿色的格线，格子都空着，还没写什么东西。一只黑老雕在空中飞来飞去，把一群在打麦场觅食的母鸡吓得抱着头跑回村里去了。小扣子没看到女画家。他突然想到，难道女画家走了吗？想到这里，他有些急，飞奔着冲下河堤，向女画家所在的房东家跑去。黄狗大概以为小主人发现了兔子之类，不敢怠慢，遂杀下身子蹿到小主人前面，一气超出好远。黄狗这样干似乎是作出一个姿态，让小主人知道它的积极性还是很高的。前面没什么兔子可追，它就停下来等着小主人。小扣子连急带跑，身上头上都出了汗。

那家房东的一个闺女前不久刚出嫁了，家里正好空着一间房子，女画家就住在那间房子里。听说事先讲好是租住，女画家临走时是要按天数交房租的。可女画家住了几天之后，房东就把女画家当闺女看了，不许女画家再提交房租的话。是呀，闺女住娘家，哪有收房租的道理！

小扣子跑进房东家的院子里，一眼就看到女画家了。女画家还没离开他们的村子，这下小扣子就放心了。女画家正在作画，她今天画的是房东家的祖父。和往常一样，女画家身后站了不少人，在看女画家作画，那些人当中有这家的儿子、儿媳、孙子、孙子媳妇，还有一些别的人。他们都不说话，静静地肃立着，连出气都尽量放轻。在他们看来，作画是很神的一件事，他们生怕一不小心弄出什么动静来，把神给惊动了。女画家当然也不说话，她眼里似乎只有老人和她的画，目光只在老人和画之间牵来牵去。她微微眯着眼，把老人看看，在画面上画几笔。再看看，再画几笔。她下笔很果断，也很有力量，能听见画笔在画纸上触动的声音。老人在墙根儿蹲着晒太阳。老人七八十岁了，身体不错，晒太阳的功夫很深，蹲半天都不带动地方的。这正好给女画家作画提供了机会。老人身后的背景很简单，几层砖根脚，上面是黄泥坯。老人头顶上方的墙上揳了一根木头橛子，橛子上挂着一束干豆角，那是来年做种子用的。老人上身穿着一件黑粗布夹袄，头上戴着一顶黑线帽子。这种帽子当地叫作一把捋。阳光斜照下来，在老人帽子下面的脑际那儿留下一点阴影。老人的主要特点是脸上的皱纹多，多得数都数不清。老人的皱纹无处不到，连耳朵的高处都爬满了皱纹。这些皱纹的分布和走向没什么规则可言，像是大地上的河流和沟壑，弯弯曲曲，走到哪里算哪里。老人脖子里的皱纹也很多，纵横交错，把老人的脖子分割成许多田园一样的小方块。所有的皱纹都固定住了，都很深刻，一眼看不到底，里面仿佛蕴藏着许多内容。老人的神情十分平静，安详，他像是带有孩子般的笑意，又像是含有老人般的沉思，对外来的女画家为他作画，并有那么多人看着他，他似乎并不觉得。

趁女画家调颜料的时候，老人的儿媳提出为公公换上一件新衣服。女画家说不用。儿媳又提出让公公坐在椅子上。女画家仍说不用。围观的人都注意到了，女画家画的不是老人的全身像，也不是半身像，可着整张画纸，女画家只画了老人的头像。这样的画，任何服装和座位都用不上。

小扣子一看见女画家画的老人的头像，心上就震了一下，眼睛就不愿意离开画面了。这张画像比真人大得多，小扣子长这么大，还从没见过这么大幅的画像。画面上，老人面容黧黑，皱纹更黑。但仔细看上去，老人的面容黑得一点也不发乌，黧黑里透着温暖的古铜色调。这种色调不全是阳光造成的，阳光的色彩一般只照在表面，而老人脸上这种厚实的色调像是从皮肤下面闪射出来的。更让小扣子感到亲切和动心的，是女画家所画的老人的眼睛。由于眼皮加厚和下垂，老人的眼睛已不能完全睁开，显得有些眯缝。就是这样的眼睛，平和得跟月光下的湖水一样，它什么都不用看了，里面什么都有了。看着这样的画像，小扣子不由得想起自己的祖父。祖父对小扣子是很好的，只要是小扣子一回家，祖父就愿意一直看着他，不管他干什么，祖父都不干涉他。有时祖父喊他过去。他过去后，祖父一点事也没有，一句话也不说，只拉住他的手就完了。小扣子不愿接近祖父，他嫌祖父脸上的皱纹太多了，嫌祖父的眼皮垂得太厉害了。他两手使劲往两边扒着祖父的皱纹，想把祖父脸上的皱纹绷平。在他绷紧的时候，祖父脸上的皱纹是平了，只剩下一道道灰线，可他刚松开手，祖父的皱纹便很快聚拢，恢复原状。祖父松垂的眼皮也是一样，他把祖父的眼皮掀起来，祖父的眼睛就显得大了，大得有些好笑。他把祖父的眼皮一松下去，祖父的眼皮似乎比原来垂得还厉害，让人失望。祖父从来不反对小扣子扒他的皱纹，揪他的眼皮。有时小扣子以为他把祖父弄疼了，祖父不但从来不说疼，还鼓励他使劲，使劲。祖父不在了，祖父死了。去年秋天，场里打豆子，小扣子早上还没睡醒听见母亲哭，就知道祖父已经死了。祖父没有照过相，也没画过像，他以为永远也看不到自己的祖父了。女画家画的头像使他产生了错觉，他以为祖父又复活了。祖父正慈爱地看着他，他也目不转睛地看着祖父。看着看着，小扣子的眼睛渐渐地有些发湿，有些模糊，他差点对着画像喊了一声爷爷。

有了女画家给房东家的祖父画的画像，人们对老人就有些刮目相看。过去他们把老人的皱纹说成满脸褶子，现在就变成满脸的画意，再看老人时使用的就是羡慕的目光。人们以为房东家的人会把老人的画像高高地挂起来，去那家看过，才知道女画家已把画像喷了胶，收起来了，准备日后带走，带到城里再挂起来。女画家另外给房东家的儿媳画了一朵硕大的红莲花，让人家把红莲花剪成花样子，绣在布门帘上面的遮幅上了。遮幅是黑的，莲花是红的，分明打眼得很。莲花光彩烁烁，仿佛是开在一潭清水上。这难免又引来许多爱花的人啧啧观赏，并把花样子一传十，十传百，全村很快就开遍了红莲花。

女画家开始到野地里作画去了。她背着画夹子提着画箱刚出村，小扣子就看见了。女画家在前面走，小扣子和黄狗远远地在后面跟着。女画家走多远，他们也走多远。女画家登上河堤，他们也登上河堤。不过他们跟女画家不是跟得很紧，而是保持着一定距离。女画家终于选准了一处风景，摆开架势作画了，小扣子仍没有马上走近。去野地里看女画家作画的人少一些，在目前只有小扣子一个人的情况下，他不敢凑过去，他怕女画家跟他说话。不管女画家跟他说什么话，他都会很慌乱。等陆续来了三四个男孩子和女孩子，他们才结伴慢慢地向女画家走去。

女画家这天所画的是一片茅草，茅草的叶和茎都枯黄了，只有穗子是银白的。茅草的穗子薄薄的，是一边倒，被茅草柔韧的细茎高高举着。每一根茅草的穗子单看都不起眼，把许多穗子连起来看，就是一片白，就有了些气势。田野里有风，茅草的穗子旗帜一样迎风招展。风大的一阵，茅草穗子被风抿下去了，抿得贴向地面。风一过去，穗子迅速弹起来，振臂欢呼一般高扬。茅草穗子的吸光和反光性能都很好，成片起伏不定的茅草穗子，把秋天的阳光吸进去，又反射出来，远看近看都白花花的，让人怀疑是走进了月光一样的梦境。茅草长在一片荒地上，面积并不大。可经女画家一画面积就大了，白茫茫的，好像一眼望不到边。在小扣子眼里，女画家画的画是有声音的，那声音是旷野里的长风吹在茅草穗子上发出来的，呼呼作响，一直向天边响去，好像整个世界只剩下这种声音了。在小扣子眼里，女画家画的画是有温度的，温度很低，让人感到一

种萧萧的凉意，一看就想抱紧自己的身子，并想加一件衣服。在小扣子的眼里，女画家画的画是有气味的，这种气味当然不是颜料的气味，而是土地的气味，茅草穗子的气味，还有风的气味。这种气味不能用甜或者苦来表述，因为它不是用鼻子和味觉分辨，而是用眼睛和回忆唤起。有了声音、温度和气味，女画家画的画就不再是平面的，而是立体的和深远的，就像是一个神话般的世界，让人一看就不知不觉走进去了。

小扣子看见，他家的黄狗突然跑到茅草丛里去了，在那里仰着脸瞎看。不懂事的家伙，这样会耽误人家画画的。小扣子刚要把黄狗赶开，女画家说，不要管它。结果女画家把黄狗也画进画里去了。小扣子心里一喜，女画家总算画了他家的一样东西，他总算为女画家作出了一点贡献。上了画，黄狗跟平常日子不大一样。在平常，黄狗是很调皮的，老是闲不住。画上的黄狗在张着耳朵听风，显得很成熟，很孤独，好像还有些发愁。这样的黄狗让小扣子顿生怜爱，他真想马上抱住黄狗，把脸贴在狗脸上亲一亲。

女画家画完了画，问：这是谁家的狗？

小扣子还没说话，几个孩子就往前推他，说是小扣子家的狗。

女画家对小扣子说：你们家的狗不错呀！

小扣子眼睛躲着，不知说什么好。小扣子的脸有些红。

女画家问：你们这儿种荞麦吗？

别的孩子们你看我，我看你，回答不上来。这时候小扣子不说话不行了，小扣子说：种。

既然只有小扣子能回答这个问题，女画家就只看着小扣子。女画家的眼可真亮啊，恐怕比太阳还亮，小扣子只看了女画家一眼就不敢看了。女画家还很年轻，除了眼睛很亮，她的头发也很亮，牙也很亮，嘴唇也很亮，照得小扣子不敢抬头。可是女画家对小扣子说：来，抬起头来看着我，我看你小子很知道害羞啊！

小扣子在肚子里鼓了鼓勇气，把头抬起来了。只有女孩子才害羞，他是个男孩子，不能害羞。可是不行，他刚把头抬起来，眼皮又低下去了。这时亏得他家的黄狗过来了，黄狗过来靠在他腿上，并撒娇似的往他腿上蹭，才使他有了点依靠。他蹲下身子，抱住了狗的脖子，一只手为黄狗顺毛。他发现，黄狗的眼睛虚着，好像也不敢看女画家。

女画家的问题还很多，她问小扣子，荞麦是不是红秆儿？绿叶？白花？荞麦花开起来是不是像下雪一样？女画家问什么，小扣子都说是。有一个问题小扣子吃不准，荞麦是什么时候种？女画家提了这个问题，他就得回答，不能让女画家失望。他先说春天种，又说不对，夏天种。他这样一会儿春天一会儿夏天的，别的孩子都笑了。那些孩子更是说不清荞麦是什么时候种，但小扣子说得不准确，人家就有权利发笑。女画家看出了小扣子的窘迫，说没关系没关系，不管什么时候种，只要种就行。

女画家的画箱也很别致，她把画笔和颜料从箱子里取出来，折巴折巴，画箱就变成了一只凳子。她就坐在凳子上画画。画完了画，她把凳子折巴折巴，凳子又变回箱子模样。小扣子觉得女画家的箱子像是传说中的宝物，他有个渴望，很想替女画家把画箱背一背。女画家像是看透了小扣子的心思，她说：谁替我背着画箱子，我给谁一块糖吃。

听女画家这么一说，孩子们一下子都抢过去了，抓住画箱子的背带，你争我夺，互不相让。看来想背画箱子的不止小扣子一个。

女画家说，不要争，不要争，我来看看让谁背。在决定让谁背之前，她把糖掏出来了，分给每人一块。当女画家分给小扣子糖时，小扣子说他不要糖。小扣子的意思是，他不是为了糖才背画箱的,他的意思跟别人的意思不一样。女画家把每个孩子都看了一遍，总算把目光落在小扣子身上了，说：我看你这小子挺有意思的，好吧，箱子由你来背。不过，糖还是要吃的。她拉过小扣子的手，一拍，把糖拍进小扣子的手里去了。小扣子一握，感到手里的糖不是一块，是两块，他的心口腾腾地跳起来。为了防止别的孩子看出女画家多给了他一块糖，他的手把两块糖紧紧攥着，一点儿也不敢松开。他仿佛觉得，两块糖在手心里也在腾腾地跳动。小扣子把画箱的背带斜挎在肩上，大步走到前面去了。小扣子听见女画家在后面问他的那些小伙伴们：糖甜吗？小伙伴们答：甜！

当晚，小扣子让母亲去给女画家送鸡蛋。母亲问：你这孩子，难道要拜人家当老师，跟人家学画画吗？

小扣子说，女画家把他们家的黄狗画在画上了。

母亲一听，就在院子里找狗。狗在墙根卧着，见女主人找它，才到女主人身边去了。母亲说：我说狗怎么蔫蔫

的，原来人家把它的魂抽走了。

小扣子不同意母亲的说法，说女画家没抽黄狗的魂。

母亲说：你不懂，狗靠魂活着，不抽狗的魂，她的画就画不活。人家说了，不管画啥东西，都得先抽魂。

小扣子有些惊奇，问：魂是啥东西？

母亲想了想，说魂嘛，跟血差不多，血是红的，魂大概是白的；血看得见，魂看不见。

小扣子问：那，茅草穗子有魂吗？

母亲说：有呀！

小扣子抬头看见了天上的月亮，问：那，月亮有魂吗？

母亲说：月亮不光有魂，月亮的魂还多呢，你看这地上，都是月亮洒下的魂。

小扣子想起女画家问的他们这里种不种荞麦的话，想必荞麦花也是有魂的了。要是荞麦花开满一地，那雪白的花魂不知有多少呢！

母亲见小扣子沉默下来，以为小扣子把抽魂的事想重了，遂笑了笑，要小扣子不用担心，人流点血不怕，血越流越旺；黄狗抽走点魂也不怕，抽去的是旧魂，补上的是新魂，补充了新魂的黄狗会比以前还精神百倍。于是母亲包上一些鸡蛋，带上小扣子和黄狗，给女画家送去了。

女画家坐在房东家院子的月亮地里，正跟房东一家人说闲话，好像说到的话题又是荞麦花。人一来，话题就暂时打住了。女画家不知道小扣子的母亲为何给她送鸡蛋。母亲把小扣子推到前面，说：你把我们家的狗画到画上去了，我儿子让我来感谢你。女画家笑了，说画了人家的狗，不但不给人家钱，还要白吃人家的鸡蛋，这样的便宜事上哪儿找去！女画家把鸡蛋收下，还有笑话，她说，这些鸡蛋她先不吃，一个一个画在画上，这样小扣子家的人还会给她送鸡蛋，送到后来，她就不画画了，成贩鸡蛋的了。

女画家的笑话把院子里的人都说笑了。

月光正好，母亲和小扣子没有马上回家，听到女画家接着刚才中断的话题，又说到了荞麦花。女画家说，她小时候，跟着下放的父母在农村住了一段时间，好像看见过荞麦花。荞麦地在村子西边，一大块地种的都是荞麦。在她印象里，荞麦花不是零零星星开的，似乎一夜之间全都开了。她早上起来，觉得西边的天怎么那么明呢，跑到村边往西地里一看，啊，啊，原来是荞麦花开了。荞麦花开遍地白，把半边天都映得明晃晃的。她跟着了迷一样，天天去看荞麦花，吃饭时父母都找不着她。荞麦花的花是不大，跟雪花差不多，但经不住荞麦花又多又密，白得成了阵势，成了海洋，看一眼就把人震住了。在没有看到荞麦花之前，她喜欢看那些一朵两朵的花，老是为那些孤独的花所感动。看到了大面积白茫茫的荞麦花，她才打开了眼界，才感到更让人激动不已和震撼的，是潮水般涌来的看不见花朵的花朵。她当时很想放声歌唱，或者对着遍地白花大声喊叫。可惜她那时不会唱什么歌，喊叫也喊叫不成，只能钻进密密匝匝的花地里，一待就是半天。她记得荞麦地里蜜蜂和蝴蝶特别多，嘤嘤嗡嗡的，像是在花层上又起了一层花。她感到奇怪的是，到了荞麦花的花地里，连蜜蜂和蝴蝶似乎都变成了白的，蜜蜂成了银蜜蜂，蝴蝶成了银蝶子。她晚间也去看过荞麦花。晚间很黑，没有月亮。不过，她一点也不害怕，因为满地的白花老远就看见了。她看着前面的光明，不知不觉就走进了花地里。

说到这里，女画家轻轻地笑了。她说时间太久了，记不清了，自己都不知道自己说得对不对。也许她说的是自己做的梦，相似的梦做多了，就跟真的荞麦花弄混了。反正那样的荞麦花如今是很难看到了。

院子里的人一时都没有说话，只有如霜的月光静静地洒落。

小扣子和母亲把女画家的话都记住了。

来年，在小扣子的一再要求下，母亲种了一块荞麦。小扣子看见，荞麦发芽了，荞麦长叶了，荞麦抽茎了，荞麦结花骨朵了……荞麦终于开花了！荞麦花开得跟女画家的回忆一样恍如仙境，把小扣子感动得都快要哭了。

从荞麦开花那一刻起，小扣子天天在花地里，并不时地向远方张望。母亲知道小扣子盼望什么，她帮着小扣子向远方张望。

2000 年 3 月 9 日于北京和平里

种在坟上的倭瓜

清明节快要到了，地下的潮气往上升，升得地面云一块雨一块的。趁着地气转暖，墒情好，猜小想种点什么。猜小没认准种哪一样，丝瓜葫芦倭瓜，凤仙花牵牛花葵花，只要能发芽能开花能结果，种什么都行。猜小去年就萌生了种东西的愿望，因没找到合适的地方，双手空空的也没有种子，就把时机错过了。今年无论如何，她不能让自己的愿望再落空。

猜小家所在的院子是不小，差不多有一个打麦场的场面子大。可院子是几百年的老宅，地上砌的，地下埋的，都是碎砖烂瓦，猜小想开一小块地方，实在开不出来。院子里住着五六户人家，不光人多脚多，院子里无处不踩到，还豢养的有猪有羊，有鸡有鸭，就算埋下的种子能发出芽儿来，还不够猪拱鸡叼的。去年初夏的一天傍晚，猜小发现，在离她家的那棵老椿树不远的地方，在嵌在地上的砖头缝儿里，竟冒出了一个小小的椿树芽儿。不用说，这是老椿树派生出来的后代。刚冒出的椿树芽儿是紫红色的，在夕阳的映照下，简直就像一朵小花儿。猜小高兴坏了，她想，要不了三年五年，这个小椿树芽儿就会蹿得老高，长成一棵像模像样的椿树。高兴归高兴，猜小可不敢声张。她四下里打量了一下，见猪呀羊呀都在院子里活动。它们的鼻子很尖，耳朵很灵，倘若她一不留神，把椿树芽儿的消息说出去，让猪和羊知道了就不好了。她找来一块瓦片，把小椿树芽儿扣在了下面。瓦片瓦楞着，压不住椿树芽儿，

像是给椿树芽儿盖了一座带穹顶的小房子，这样，那些嘴长贪吃的家伙也许就找不见椿树芽儿了。猜小打算明天早上去坑边砍来一些刺棵子，扎在椿树芽儿周围，形成一圈儿刺篱笆，把椿树芽儿长期保护起来。令猜小大为失望的是，第二天一大早，她到冒出椿树芽儿的地方一看，椿树芽儿连个影儿都不见了。她看出这事是猪干的，瓦片被猪拱到了一边，生长椿树芽儿的那块地方也被猪的硬嘴掘了起来，掘得底朝天。猪一点事都不懂，猜小对猪能有什么办法！新生的椿树芽儿活活被糟蹋，心疼之余，猜小得出一个教训，看来院子里什么都不能种，种了也是白种。

出了村庄，四周的肥田沃土倒是不少，一大块连着一大块，一马平川，猜小踮起脚尖都望不到边。可那些土地都是生产队的，都是公家的，猜小家连一分一厘的土地都没有。谁想在公家的土地上种下一点属于自己的东西，那是万万使不得的，轻了，人家说你有资本主义思想；重了，人家会让你在社员大会上斗私批修，谁不害怕呢！是的，世界之大，竟没有猜小播下一粒种子的地方。越是这样，猜小越急于找地方种下一点什么。好比蜜蜂采蜜，遍地的花朵尽它去采，它往往不着急，在无花可采的情况下，它才急得乱飞。猜小并不是为了收获什么，她就是想亲手种点东西试一试。作为以稼穑为生的农人家的女儿，猜小的遗传基因里似乎就带有播种的愿望和本能，到了一定年龄，她自然而然地就想种点什么。她现在所处的年龄段，还够不着挣工分，队里还不许她到大田里去种植和收割。而各家的自留地几年前就被队里收走了，她自己想种点什么又找不到地方。这时候的猜小被称为空儿里的人，她只能到坑边或河坡里拾拾柴，割割草，放放羊。

这天午饭前，娘收拾了一个纸筐，让猜小领着弟弟，到爹的坟前，给爹烧点纸。猜小半路上把纸筐看了看，里面没有白馍，没有猪肉，没有炸麻花，什么供品都没有，也没有炮，只有一叠发黄的草纸。猜小懂得的，这些草纸代表的是钱，在清明节前夕，娘让她和弟弟给他们的爹送钱来了。盛殓爹的桐木棺材是长方形的，埋成了坟就成了圆的。猜小听村里的大人说过，棺材好比是地，坟堆好比是天，地是方的，天是圆的，所谓天圆地方。爹病死好几年了，猜小每年都领着弟弟来两三次。头一年，爹的坟是新坟，坟上光秃秃的，什么都没长。新坟与旧坟还有一个区别，新坟不安坟头，要等到第二年清明节上坟时才能放上坟头。一看到爹的新坟，猜小就伤感顿生，禁不住想哭。第二年就好些了，爹坟上长满了青青的东西。那些东西都是一些草本植物，有细叶的，也有宽叶的，有拖秧子的，也有长棵子的。盛夏时节，有的植物开了花。花儿不大，也不艳，就那么星星点点，浅浅淡淡。在猜小的眼里，花儿不分大小浅淡，再小再淡也是花儿呀！到了秋天再来看，坟上的浆浆瓢的果子炸开了，从里面飞出一团团絮状的白花。蒲公英雪白的绒球球也长成了，稍有风吹，就散成一片雾状的白花。猜小听说过花圈，但没有看见过。在猜小的想象里，花圈应该是白花攒成的。猜小没钱给爹买花圈，这么多的“白花”，就算是女儿送给爹的花圈吧！

猜小在爹的坟前把纸点燃，说：爹，我和弟弟给您送钱来了，您起来拾钱吧！她本来应该让弟弟随着她，把类

似的话也说上一遍。但她今天没要求弟弟说，她说时把弟弟捎带上就行了。别看弟弟是个男孩子，可弟弟的心似乎比她的心还重。前些次，她一让弟弟说，弟弟一开口就哽咽得厉害，眼泪就哗啦啦流。这次尽管她没让弟弟说，她看见弟弟的眼泪已包得满满的，嘴角也在颤抖。这个弟弟呀！烧完了纸，她和弟弟没有马上离开，在爹的坟前坟后站了一会儿。这块地里种的是麦子，麦子已起身了，绿得遍地白汪汪的，一眼望不到边。老鸹在麦地上方低飞，一落进麦地就看不见了。回过眼来再看爹的坟，坟上已冒出不少草芽芽儿，有的鹅黄，有的紫红。过不了几天，爹的坟上又是一片新绿。这让猜小心里一动，坟上既然能长草，难道就不可以种点别的什么吗！爹活了几十年，死后占了这么一小块地方，在爹的坟上种点什么，别人总不会不允许吧！这么想着，猜小的主意就打定了。东找西找没找到种东西的地方，她今天没特意找，好地方反而一下子呈现在眼前。她不认为这个主意是自己想出来的，而是爹告诉她的。她仿佛看见，爹像生前一样微笑着对她说：猜小，你想学着种东西，就到爹坟上种吧！

有了种东西的地方，下一步就该找种子了。她家里没有什么种子，给队里种菜园的一位老爷爷有各种各样的种子。这天下午，老爷爷在菜园里种瓜，猜小一直在旁边看。老爷爷问她想种瓜吗？她点点头。老爷爷说：倭瓜好种，皮实，给你一颗倭瓜种，你去种着玩吧！老爷爷从盛倭瓜种的瓦碗里捏起一颗倭瓜种，放进她手心里去了。倭瓜种上已拌了草木灰，糙乎乎的有点发黑。可猜小如获至宝，双手捧着倭瓜种就回家去了。她到灶屋里找到一只有豁口的瓦碗，把倭瓜种子轻轻放进碗底，又拿起一把铲草用的铁铲子，马上到坟地里去种倭瓜。走到院口，看到村街上有人走动，她又折回来了。这样端着倭瓜种子，被人看见了怎么办？别人要是问起来，她将如何回答？第一次种倭瓜，是她的一桩秘密事情，她要秘密地进行，不想让无关的人知道。她拿起一只荆条筐，把盛倭瓜种的瓦碗放进筐里，盖上自己的上衣，装作下地割草的样子，才来到了爹的坟前。爹死后，再也没有挪过地方，下大雨在这里，下大雪也在这里，比一棵树待得还牢稳。猜小有时候做梦，梦见爹已经走得很远了，走得无影无踪，她急得不行，到处找爹都找不见。醒来一想，爹还在村南的坟地里待着，哪儿都没去。

猜小不能把倭瓜种在坟的半腰，那里有坡度，没法儿给倭瓜浇水，一浇水就流走了。更不能种在坟半腰的理由是，猜小听大人说过，坟上方放的坟头就是爹的头，坟堆就是爹的身子，她哪能随便在爹的身上挖坑种倭瓜呢，要是那样的话，爹不知会疼成什么样呢！猜小在坟脚前面选了一块儿空地，把倭瓜种在那里了。耩麦子的耩到坟跟前，要提起耧腿绕一下，这样，麦苗就不会贴着坟长，每座坟的坟前坟后都会留下一小块空地。这块空地也是留给祭祀的后人跪倒磕头的地方。猜小坐在地上，用小铁铲把那块空地翻了一遍。地的表面是干的，一翻开就是湿的，有一股子甜草根的甜气。翻开的湿土里有白色的茅草根，有红色的小蚯蚓，还有虫蛹子的空壳，等等。猜小把这些东西都拣出来了，把土铲得细细的，恐怕比用细箩箩出的面都细。她学着老爷爷种瓜的样子，把整好的细土中间挖一个小坑，捏起那颗倭瓜种子，嘴儿朝下肚子朝上地堰下去。她刚要给倭瓜种封上土，猛听见天空中有老鸹叫了一声，她吓得一惊，赶紧双手上去，把倭瓜种捂住了。她双手捂着宝贝似的倭瓜种，脸却仰得高高的，看着天上飞的一只老鸹。老鸹往哪边转，她的脸跟着往哪边转。猜小知道，老鸹嘴馋得很，讨厌得很，不管人们埋下什么种子，在发芽之前，它都要踅摸来踅摸去，想办法把种子淘出一部分吃掉。瓜田里，育秧田里，为啥要树起一些谷草人儿呢，就是为了吓唬老鸹，为了防止老鸹偷吃。她对老鸹说：老鸹，老鸹，我什么都没种，你走吧！老鸹

转了两圈儿，飞走了。猜小抓紧时间，赶紧把倭瓜种用土封上了，还用手拍了拍，把土拍实。为了把种倭瓜的地方伪装起来，她抓了一把去年的干草叶子，撒在湿土上面。猜小还是不放心，她看见老鸹又飞过来了，这次不是一只，是好几只。猜小怀疑，多飞来的几只老鸹是刚才飞走的那只老鸹喊来的，这使猜小的警惕性又提高了几分。地里是没有猪羊和鸡鸭，但对老鸹这些穿一身黑衣服的老贼也不能不小心。她先给老鸹说好话：老鸹，你们下来，我跟你们商量点事儿。不见老鸹下来，她就有些生气，命老鸹滚，滚得远远的。她对老鸹喊道：你们要是不滚，我就打死你们，把你们嘴里塞上老鸹毛，让你们下一辈子还托生成老鸹！这样喊着，她还把自己的上衣一下一下冲老鸹甩。她要让老鸹看清楚点，她是一个大活人，而不是一个谷草人，她要比谷草人管用得多。也许猜小的示威真的起了作用，那些老鸹踅了几圈就飞走了。老鸹们飞得不算很远，它们飞着飞着，翅膀一仄楞，就落进麦子地里去了。猜小认为，这是老鸹们暂时埋伏起来了，等她一走，说不定那些狡猾的家伙会重新飞回来。猜小采取与老鸹同样的办法，也藏进麦垄里埋伏起来。她不是趴着躺，是仰着躺，这样可以随时观察天上的动静，老鸹要是一起飞，她马上就会发现。还好，直到太阳渐渐地落下去了，老鸹们没有再飞回来。

猜小估计，天一黑，老鸹们的眼睛就看不清亮了，它们想找种倭瓜的地方也找不到了。

猜小埋下了倭瓜种子，就等于埋下了一份希望，心上就有了牵挂。趁着到地里割草拾柴，猜小每天都去爹的坟前看她的倭瓜，太阳出来时看一次，太阳落山前还要再看一次。每去一次，她都要替倭瓜种子算一下，算算倭瓜种子走到哪一步了。头一天，她算着倭瓜种子正在吸收水分和养分，把身子吸得白白胖胖的，肚子渐渐地鼓起来。第二天，她算着倭瓜种子正在伸懒腰，舒服得胳膊腿儿直抖，嘴也张开了，似乎在说：哎呀，真痛快呀！只要倭瓜种子的小嘴儿一张开，它就该生根了。第三天，她算着倭瓜种子的根已扎到土里去了，根的主茎又粗又结实，根部生着许多触角一样的须子。倭瓜种子在扎根的同时，它的芽儿也形成了，根和芽儿的出发时间相同，走的方向却不同，一个是向下扎，一个是往上顶。第四天，她算着倭瓜的芽儿该冒出来了，一大早就往坟地里跑。早上公鸡叫，鸟叫，桃花开满了树，村子里是很热闹的。她什么都不听，都不看，只想着她的倭瓜，脚步有些急匆匆的。有个和她差不多大小的女孩儿，问她什么东西丢了。她说没有呀，什么东西都没丢。女孩儿说：我看你慌里慌张跟找魂儿一样，还以为你的魂儿丢了呢！猜小说：你的魂儿才丢了呢！猜小一来到爹的坟前，就弯腰低头往地上瞅。奇怪呀，种倭瓜的地方，种进去什么样，现在还是什么样，一点动静都没有。猜小想，可能是倭瓜种子走得慢，她算得快，她算到倭瓜种子的前面去了。她对自己说：不要着急，再等等，再等等。又等了一天，种倭瓜的地方还是没有动静。这下猜小有些沉不住气了，难道是她种倭瓜的方法不对，倭瓜种子生气了，故意不往活里长。她试了几试，想把土扒开，看看倭瓜种子到底怎样了。但她到底没有扒。这点道理她还是懂得的，不论什么种子，只要一埋进土里，发不发芽儿就全凭它了。你倘是心急，不等芽儿钻出地面就剥开土层看究竟，弄不好就伤了幼芽儿的元气和根本，最终把立足未稳的幼芽儿毁掉。土层动不得，猜小就伏下身子，把耳朵侧向地面，想听听下面有没有什么动静。她听见土层下面丝丝攘攘的，像是有一些絮语。但她分不清是土地在跟倭瓜种子说话，还是倭瓜种子在跟土地说话，抑或是小麦的根须来串门。小麦的根须历来善于串门，从秋到冬，从冬到春，它串门总是串得很远。这样听了一会儿，猜小就想起了爹。倭瓜种在地下，爹也在地下，爹跟倭瓜种住得又这么近，为何不向爹打听一下倭瓜种的情况呢？女儿的事，不求爹帮忙还求谁呢？于是猜小恳切地跟爹说了一番话，请爹帮她看看，倭瓜种子到底走到哪一步了。要是倭瓜种子走得太慢，她请爹帮着催一催，请倭瓜种子走得快一点。猜小没听见爹说话，但她仿佛看见爹点头了，她说一句，爹就点一下头。是呀，女儿求爹办的事儿，爹哪会不答应呢！

猜小说了请爹帮忙的第二天，也是倭瓜种子种下去的第六天，她又迫不及待地看她的倭瓜去了。这天早上露水很大，空气湿漉漉的，似乎一伸手就能抓出一把水来。大田里更是潮湿，每个打了泡儿的麦穗儿的顶叶上，都挂着一粒晶亮的水珠儿。猜小两手分着麦穗往坟前走，走了几步，鞋就成了湿的，裤子也被露水打湿了半截。她心里说：倭瓜的芽儿不会还不出来吧？来到坟前，她的眼睛一亮，马上瞪大了。倭瓜芽儿总算顶破土层，发了出来。倭瓜的两瓣新芽儿还合着，没有张开。因为倭瓜种子的硬壳还在它头上顶着，硬壳的上头还带着一点湿土。这样子很像一个娃娃，头上戴着一顶帽壳儿。猜小高兴得心口跳得腾腾的，她手捂胸口对倭瓜芽儿说：我的娘，你总算出来了，你把我急死吧！按猜小的心情，她很想和倭瓜芽儿亲一亲，可倭瓜芽儿娇嫩得很，亲不得，碰不得，似乎连对它吹口气都不行。那么，猜小只有蹲下身子，久久地对倭瓜芽儿看着。看了一会儿，猜小的眼睛就湿了，她想，这都是亏了有爹的帮忙啊，不然的话，倭瓜芽儿还不一定能出来呢！

猜小到别的地方折来一些刺枝子，一根一根插在倭瓜芽儿周围。那些刺枝子上的刺都是又长又尖利，老鼠碰到它，就把老鼠的爪子扎破；老鸹碰到它，就把老鸹的眼睛扎瞎。猜小正插着刺枝子，太阳照过来了。太阳像是突然间照过来的，照得她背上一热。她禁不住抬头往麦地里一看，刹那间麦叶上的每粒露水珠似乎都变成了一颗小太阳。成千上万的太阳一起放光，麦田里一下子变得明晃晃的。她平着看过去，麦田又像是很大的湖面，一片白茫茫。猜小低下头来继续插刺枝子时，一件重大的事情发生了——倭瓜芽儿顶部的硬壳脱落了，落在了旁边的地上。这是猜小亲眼看见的：倭瓜的两瓣新芽儿像是奋力一挣，接着像是发出一声巨响，那两片连在一起的硬壳往上崩了一下，就訇然落在地上。小鸡娃儿刚从鸡蛋壳里挣出来时，鸡蛋壳里是带血的。猜小把倭瓜种子的硬壳从地上捡起来，想看看硬壳里带不带血。还好，硬壳里干干净净的，一点血丝都不带。硬壳一落地，倭瓜的两瓣新芽儿就徐徐地打开了，像打开了两扇门一样。倭瓜芽儿的茎是玉白的，芽瓣儿是翠绿的。在阳光的照耀下，猜小看见倭瓜的芽瓣儿透

明如翡翠，上面还走着一道道白色的花纹，真是美丽极了。

倭瓜一旦发芽儿，长起来就快了，可以说它一天一个样，每天都有新变化。倭瓜开始长叶了，它的叶子一天比一天扩大，直到扩大得跟碗面子一样。倭瓜开始抽茎了，它的茎毛茸茸的，像是长满了小刺。茎的最前端，还探出一些须子。这些须子好比人的手，是攀援用的。须子颤颤的，略带一点卷曲，它遇到什么，就抓住什么。遇到草棵子，它就抓住草棵子，一时遇不到什么，它就抓住地上的土坷垃。猜小不让倭瓜的须子往麦地里走，麦地是公家的，它不能占公家的地盘。再说，它的须子要是缠在麦茎上，到时候麦子一割，就把它伤害了。猜小牵住倭瓜的须子，把它往爹的坟上引。她就是要让倭瓜的大叶子罩满坟顶，在炎热的夏季到来的时候，权当她为爹打了一把绿色的遮阳伞。正是倭瓜每天都有的新变化，给猜小的每一天都带来新的快乐，她不止一次在心里说：种点东西真好！种倭瓜真不错！猜小的快乐还在于，她又有了新的盼头，倭瓜展叶了，拖秧子了，下一步，她就该盼着倭瓜开花了。

倭瓜种在爹的坟上，猜小不能把倭瓜交给爹不管。她为倭瓜施肥，浇水，没有一天不为倭瓜操心。因为有了倭瓜，她对天气也关心起来。太阳太好了，她怕晒着倭瓜。连着下了两天雨，她又担心倭瓜叶子见不到阳光会发黄。这天午后，一场大雨刚停，她就踏着泥巴看她的倭瓜去了。她们这里的泥巴又深又吸脚，是有名的黄胶泥。猜小没法穿鞋，就光着脚丫子在泥里水里蹚。路两边的塘里水都满了，蛤蟆叫得哇哇的。蛤蟆每叫一声，脖子两边的气泡儿就鼓一下。猜小不喜欢蛤蟆，蛤蟆都是雨来疯，雨水越大，它们越高兴，叫得越厉害。猜小把每片水淋淋的倭瓜叶子都看了一遍，没发现有什么发黄的迹象。相反，那些得了雨水的大叶子绿得像泼了墨一样，精神相当抖擞。检查到茎梢儿刚发出的小嫩叶时，猜小才发现了问题，嫩叶上面爬着三两只小腻虫。小腻虫极小，比寄生在人身上的虱子还小，而且小腻虫的颜色跟倭瓜嫩叶的颜色差不多，要是不仔细观察，很难发现它们。腻虫虽小，它们的危害性却不小。据说腻虫的繁殖力很强，一长十，十长百，过不了几天，整棵倭瓜秧子上就会爬满腻虫。腻虫专吸倭瓜的汁子，把倭瓜的汁子吸完了，倭瓜就会枯萎。这个问题让猜小如临大敌，顿时紧张起来。她想把腻虫捏死，又不敢捏，垫着倭瓜的小嫩叶捏腻虫，岂不是把小嫩叶也伤着了。她鼓起嘴巴，对着腻虫吹，把腻虫吹落了，再捡起来捏死。别看腻虫的肚子鼓鼓的，也就是吃了个水饱，她一捏，一捻，腻虫就化为乌有。猜小知道这不是根治腻虫的办法，要想彻底消灭腻虫，必须在倭瓜的秧子和叶子上撒上一些草木灰。这一招儿，她也是跟那位种菜园的老爷爷学来的。她回家用篮子盛了一些草木灰，把倭瓜从根到梢儿撒了一遍，心里才踏实了。

当倭瓜秧子分了好多杈儿，差不多罩满了爹的坟顶时，麦子黄梢儿了，进入了收割期。大人们起早贪黑地去割麦，犟小背上荆条筐，扛上竹筢子，到收过麦的地里去拾麦。麦穗、麦秧、麦叶，犟小什么都要。她把筢子把儿上拴上一个绳套，把绳套套在腰里，拉着抓地的筢子，呼呼到地这头，呼呼到地那头。她的小脸儿晒得红红的，鬓角的汗水把头发都湿得打了绺儿。连秧带叶，犟小差不多每天都能拾一到两筐麦子。这天，犟小听说队里要割爹的坟所在地的那块麦子，人家刚动手割，她就要往地里走。队长让她拾麦子到别的地里拾去，这块地刚开始割，不许拾麦子的小孩子进地。犟小说，她不是拾麦子，是到地里看看她爹的坟。队长说：你爹的坟有什么可看的，你不去看它也跑不了。犟小有话不好说，她是担心有人把她的倭瓜当成野生的，割麦割滑了手，顺便给倭瓜秧子一镰，要是那样的话，她的倭瓜可就惨了。娘也在这块地里割麦，她最知道猜小的心思，对猜小说：你放心到别的地里拾麦子吧，没人动你的倭瓜。这块地的麦子刚收完，猜小就来了。猜小远远地就看见，她的倭瓜还在。麦子收走后，一篷绿伞似的倭瓜被爹的坟堆举着，显得格外突出。这样突出也好也不好，她又担心有的拾麦子的孩子看见这么好的倭瓜心痒，对倭瓜动手动脚。她绕着倭瓜拾麦子，不敢离倭瓜太远。看见两个男孩子拾麦子拾到了倭瓜跟前，她赶紧拉着筢子过去了。一个男孩子说：倭瓜！另一个男孩子说：看看结倭瓜没有？他们正扒拉倭瓜叶子，猜小过来了，对他们喝了一声：别动！一个男孩子吓得一愣，说：动动怎么了？猜小反问：你说动动怎么了，没看见那是我爹种的倭瓜吗？另一个男孩子把眼珠翻白了一下，说：没听说过，埋在坟里的人还能种倭瓜？猜小说：你听说过什么？你没听说过的多着呢！我告诉你们，你们要是敢动我爹的倭瓜，我爹就饶不了你们！两个男孩子大概被唬住了，他们互相看了

看，没敢再说什么，接着拾麦子去了。

麦子收走之后，这块地还没来得及休息一下，又被队里种上了高粱。高粱还没有长高，倭瓜就开花了。先是一朵两朵，后来一下子开了好几朵。倭瓜花的朵子真大呀，一朵花就有一大捧。猜小见过木槿花。木槿花的花朵就够大了，跟倭瓜花一比，就显不着木槿花了。倭瓜花的颜色是金红色，不是金黄色。金红色显得更厚实，好像金子的成色更足一些。再加上绿叶一托，阳光一照，大老远地就能看见倭瓜花明晃晃的，好像爹的身上戴满金花，闪着金光。猜小想起有一年夏天，爹摘了一朵开红了的石榴花，给她绑在了小辫子上。她的小辫子朝天，爹绑的石榴花也朝天。爹把她打扮成一朵石榴花，她跑到哪儿，石榴花就开到哪儿。爹给她绑石榴花，她趁爹在树荫下睡觉时，抱住爹的头，也给爹绑石榴花。无奈爹的头发太短，石榴花怎么也绑不上。好在爹装作睡得很香，任她把头发揪来扯去，爹一点也不反对，一直配合着她。后来她想出了一个好主意，把石榴花的花把儿插在爹的耳朵眼儿里了，一个耳朵眼儿插一朵，两个耳朵眼插两朵。爹起来了，明知两边的耳朵里插着花，却不把花取下来，还对猜小做出怪样，可把猜小喜坏了。娘让爹把石榴花取下来。爹笑着说：我干吗取下来，我还等着耳朵两边结两个大石榴呢！这样想着，猜小仿佛又看见了爹，她禁不住站在开满倭瓜花的坟前轻轻喊：爹，爹！不见爹答应，她才想起爹已经走了好几年了，爹永远不会答应她的呼唤了。但猜小不甘心似的，仍喊：爹，我……是猜小呀，您起来看看咱的倭瓜花儿吧！这样喊着，猜小的眼泪就下来了。她双手正捧着一朵倭瓜花，大滴的眼泪吧嗒吧嗒地落在花盏里，落在同样金红的花蕊上。花盏上有宝蓝色的水牛，花蕊上有褐色的蜜蜂，突然有硕大的泪珠落下来，它们不知发生了什么事，赶紧知趣似的离开了。

这棵倭瓜结得不是很多，只结了一个倭瓜。种菜园的老爷爷看见了猜小，问她的倭瓜种得怎样了。猜小显得有些不好意思，说她种的倭瓜只结了一个倭瓜。老爷爷说，种在坟上的倭瓜都一样，因为地劲太大，瓜秧子太旺，瓜叶太稠，倭瓜就不容易坐纽儿。老爷爷安慰猜小，说好瓜不要多，一个顶三个，猜小第一次种倭瓜，能结一个大倭瓜就不错了。

按形状分，倭瓜有好多种。有枕头倭瓜、棒槌倭瓜、水桶倭瓜、灯笼倭瓜，还有磨盘倭瓜。猜小的倭瓜扁扁的，圆圆的，看样子属于磨盘倭瓜。这个倭瓜长得是够大的，它扁着虽然顶不上磨盘的面积大，圆着却比磨盘厚得多，谁也不敢把它看扁了。猜小怕人发现了她的倭瓜，就给倭瓜盖上一层干草。干草本来把倭瓜盖得严严实实的，过两天再去看，倭瓜把干草顶薄了，顶开了，倭瓜的大肚子露了出来。猜小只好再为它盖上一层干草。

秋天来了，高粱红了，猜小的倭瓜也成熟了。熟透的倭瓜是金红色的，跟倭瓜花的颜色一样，通体闪着金光。猜小找了一根木棍，预备了一根绳子，让弟弟跟她到爹的坟上去抬瓜。弟弟以为猜小姐姐又带他去给爹烧纸，神情马上变得沉重起来。到了坟地，弟弟才知道姐姐是让他帮着抬瓜。弟弟表现得很自负，他不让姐姐动手，自己把瓜贴在肚子上，涨红着脸，一气把倭瓜抱回家去了。

倭瓜在屋里放着，一冬天都没吃。到了大年除夕，娘才把倭瓜搬出来，端放到屋当门的供品桌上当供品。

娘的做法很让猜小感动，她明年还要种倭瓜。

2001 年 1 月 10 日于北京和平里